Hans Huckebein der Unglücksrabe

Wilhelm Busch

Hier sieht man Fritz, den muntern Knaben,

Nebst Huckebein, dem jungen Raben.

Und dieser Fritz, wie alle Knaben,

Will einen Raben gerne haben.

Schon rutscht er auf dem Ast daher,

Der Vogel, der mißtraut ihm sehr.

Schlapp! macht der Fritz von seiner Kappe

Mit Listen eine Vogelklappe.

Beinahe hätt' er ihn! Doch ach!

Der Ast zerbricht mit einem Krach.

In schwarzen Beeren sitzt der Fritze,

Der schwarze Vogel in der Mütze.

Der Knabe Fritz ist schwarz betupft;

Der Rabe ist in Angst und hupft.

Der schwarze Vogel ist gefangen,

Er bleibt im Unterfutter hangen.

»Jetzt hab' ich dich, Hans Huckebein,

Wie wird sich Tante Lotte freun!«

Die Tante kommt aus ihrer Tür;

»Ei!« spricht sie »welch ein gutes Tier!«

Kaum ist das Wort dem Mund entflohn,

Schnapp! hat er ihren Finger schon.

»Ach!« ruft sie »er ist doch nicht gut!

Weil er mir was zuleide tut!!«

Hier lauert in des Topfes Höhle

Hans Huckebein, die schwarze Seele.

Den Knochen, den er Spitz gestohlen,

Will dieser jetzt sich wiederholen.

Sie ziehn mit Knurren und Gekrächz,

Der eine links, der andre rechts.

Schon denkt der Spitz, daß er gewinnt,

Da zwickt der Rabe ihn von hint'.

O weh! Er springt auf Spitzens Nacken,

Um ihm die Haare auszuzwacken.

Der Spitz, der ärgert sich bereits

Und rupft den Raben seinerseits.

Derweil springt mit dem Schinkenbein

Der Kater in den Topf hinein.

Da sitzen sie und schaun und schaun. –

Dem Kater ist nicht sehr zu traun.

Der Kater hackt den Spitz, der schreit,

Der Rabe ist voll Freudigkeit.

Schnell faßt er, weil der Topf nicht ganz,

Mit schlauer List den Katerschwanz.

Es rollt der Topf. Es krümmt voll Quale

Des Katers Schweif sich zur Spirale.

Und Spitz und Kater fliehn im Lauf. –

Der größte Lump bleibt obenauf!! –

Nichts Schönres gab's für Tante Lotte

Als schwarze Heidelbeerkompotte.

Doch Huckebein verschleudert nur

Die schöne Gabe der Natur.

Die Tante naht voll Zorn und Schrecken;

Hans Huckebein verläßt das Becken.

Und schnell betritt er, angstbeflügelt,

Die Wäsche, welche frisch gebügelt.

O weh! Er kommt ins Tellerbord;

Die Teller rollen rasselnd fort.

Auch fällt der Korb, worin die Eier –

Ojemine! und sind so teuer!

Patsch! fällt der Krug. Das gute Bier

Ergießt sich in die Stiefel hier.

Und auf der Tante linken Fuß

Stürzt sich des Eimers Wasserguß.

Sie hält die Gabel in der Hand,

Und auch der Fritz kommt angerannt.

Perdums! da liegen sie. Dem Fritze

Dringt durch das Ohr die Gabelspitze.

Dies wird des Raben Ende sein –

So denkt man wohl doch leider, nein!

Denn schnupp! der Tante Nase faßt er;

Und nochmals triumphiert das Laster!

Jetzt aber naht sich das Malör,

Denn dies Getränke ist Likör.

Es duftet süß. Hans Huckebein

Taucht seinen Schnabel froh hinein.

Und läßt mit stillvergnügtem Sinnen

Den ersten Schluck hinunterrinnen.

Nicht übel! Und er taucht schon wieder

Den Schnabel in die Tiefe nieder.

Er hebt das Glas und schlürft den Rest,

Weil er nicht gern was übrig läßt.

Ei, ei! Ihm wird so wunderlich,

So leicht und doch absunderlich.

Er krächzt mit freudigem Getön

Und muß auf einem Beine stehn.

Der Vogel, welcher sonsten fleucht,

Wird hier zu einem Tier, was kreucht.

Und Übermut kommt zum Beschluß,

Der alles ruinieren muß.

Er zerrt voll roher Lust und Tücke

Der Tante künstliches Gestricke.

Der Tisch ist glatt der Böse taumelt –

Das Ende naht sieh da! er baumelt.

»Die Bosheit war sein Hauptpläsier,

Drum« spricht die Tante »hängt er hier!!'